KB135500

어제 나는 죽었다

작가마을 시인선 63
어제 나는 죽었다

초판인쇄 | 2023년 12월 1일
초판발행 | 2023년 12월 5일

지 은 이 | 이창희
펴 낸 이 | 배재경
펴 낸 곳 | 도서출판 작가마을
등　　록 | 제 2002-000012호
주　　소 | 부산시 중구 대청로141번길 3, 501호(중앙동, 다온빌딩)
서울시 도봉구 도당로 82(방학1동, 방학사진관 3층)
T. 051)248-4145, 2598　F. 051)248-0723　E. seepoet@hanmail.net

ISBN 979-11-5606-244-8　03810　정가 10,000원

※ 본 도서는 2023년 부산광역시, 부산문화재단 '부산문화예술지원사업'으로 지원을 받았습니다.

작가마을 시인선 63

어제 나는 죽었다

이창희 시집

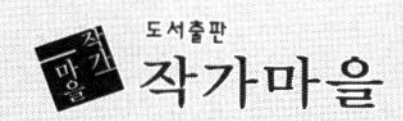

시인의 말

죽을 고비를 두 번 넘었다.
죽음은 소멸일까. 불멸의 과정일까?
다른 곳으로 처소를 옮겨가는 것일까?
생각이 많아졌다. 이런저런 말들에
눈이 뜨이고 마음 귀가 열렸다.

밀란 쿤데라는 불멸의 방식을 두 가지라 했다.
역사로 남는 것, 기억 속에 남는 것.
한 가지 덧붙인다면 씨앗으로 남는 것도
자연스러운 방식일 것이다.
생물은 존재의 기억을 씨앗으로 남기지 않나.

삶과 죽음은 동전 양면 같다.
오백 원 동전을 뒤집으면 백학이 날아오른다.
그날이 올 때까지 '죽어가는 모든 것'들을
사랑하고 사랑해야지.

2023. 겨울 이창희

차례 — 이창희 시집

제1부 / 그림자를 보내며

제2부 / 바람이 분다 시가 온다

제3부 / 나는 어디로 갔을까

제1부

그림자를 보내며

목숨의 중량

날아오르려니
무겁군요

몸을 떠나는 숨결
붙잡아 보았더니
21g이었다는데,
커피콩 135알 무게

실없는 짓을 한 정신과 의사*는 그 날부터
아귀 벌린 호주머니 따내고
주저앉은 책들 내다버리고
가슴 속 눌어붙은 욕심
소금물 마시고 토설했다네요

겨울 숲으로 가는 목백일홍처럼
하나씩 잎사귀를 지우면
한 톨 씨앗으로 남을 수 있을까요
내 목숨의 중량

* 던컨 맥두걸

죽음이 사는 집

– 고 이어령 마지막 인터뷰

비바람이 창문을 두드리고 있었다
괜찮으신가요?

흠, 이런 순간이 와요. 촛불이 꺼져갈 때
더 밝게 타오르는 것처럼
내 딸도 그랬죠
아빠, 다 나았어요
죽기 전 며칠간 아비 곁에서
환한 시간을 보냈지요
어머, 개나리 꽃빛이 넘 이뻐요
새벽 별 알사탕 같아서
손 내밀면 딸 것 같아요

그런 순간이 오지요
쓰다듬는 죽음의 손길을 느껴요
감홍시가 떨어지기 전에
더 빨갛게 타는 것처럼,
견디느라 애썼다
다정한 바람소리가 들려와요

오는 봄을 볼 수 있을까요?

〉

씨앗은 내일을 못 봐요
흙에 묻혀서 껍질을 깨고
새움이 돋아나서
그것이 푸른 하늘을 듣고
새봄을 찬미하는 새 소리
보게 되는 거지요

한로절 솔 매미가 울어

한 잎 두 잎
낙엽이 지는
약수터 숲속 길을

울면서
살다 갈 날도
며칠 남지 않았다고,

네 등불
아주까리기름은
얼마나 남았느냐고

가을 어스름

그가 멀어지자
모든 것이 시들해졌다

매무새 단장하는 일을 그쳤다

그때 그날의 기억을
한 잎씩 지운다

꽃 시절에 피었던 흔적이
발그레하게 붉거진다

통증은 까맣게 여문다

손을 내밀어보지만
떠나는 사랑은 돌아보지 않는다

바람이 가지를 흔든다
날이 저문다

순자와 혼자

순자가 혼자라는 사실을
혼자가 떠나기 전에는 알지 못했다

홀로 일 때
두리번거리다 순자는
저를 닮은 혼자를 만났다

혼자와 홀로는
어울려서 피었다
강마을에 집 짓고 살다가
혼자 노는 아이가 안쓰럽다며
대단지 아파트로 이사를 갔다

그러나 순자는 혼자다
북적이는 시장에서 찬거리를 사고
한 손가락으로 승강기 번호를 누른다

한 이불을 덮고 자면서도
순자는 코를 골고
혼자는 이를 간다

아침에 순자는 도시락을 싸고
혼자들은 각각 제 가방을 들고 집을 나간다
친정어머니는 요양병원
일인용 침대에 누워서
순자를 멍하니 바라 보다

혼자가 당신 곁을 떠날 때
외동딸이 홀로 남겨진다는 사실이
애처롭다며 운다

실은 눈물 몇 방울이
혼자 안에 살고 있었고
방울져서 흘러내리기 전에
슬픔이 곁에 서서
부채질해주고 있었다는 것을
순자는 혼자가 되었을 때
비로소 알게 되었다

너를 살리려고

네 심장을 살리려고
내가 죽는다

사마귀 한 쌍
짝짓기 사랑은

짝을 살리려고
내가 죽는 것이다

노란 호박꽃이 고개를 꺾는 것은
파릇파릇한 애호박 때문이었다

계절은 청둥호박으로 익어가고
가슴 속 씨앗 몇 알
이듬해 봄을 품었다

등대 부근

무작정 걷다
알게 되었지
길이 끝나는 지점에
등대가 서 있다는 거

깜박거리는
기억을 더듬어
고깃배들이 돌아오고

더 나갈 데 없는
은퇴의 날들이
어둑한 방파제 철썩거렸지

길이 끝난 곳에서
삐거덕거리며 제 그림자를 끌고
다시 어제의 구멍으로 기어가는 돌게

학리 등대 부근

그림자 이별 1
– 먼 길

작별 인사는 정해논 것이 없어요
떠나는 길손 바라보는 눈빛은 여러 가지야
벌써 가려느냐 어떻게 밤길을 혼자 가니
함께 하지 못한 이들이
이런저런 말을 보태지

모자를 벗고 잠시 눈 맞춤해요
그동안 고마웠소
여인숙旅人宿에 남아있는 살 냄새는
불어오는 바람결에 털어버려요
고개를 넘어 새벽 바다에 이르면
마지막 숨결 갈매기 울음에 실어 보낼께

몸은 누더기를 떨치고
하늘 맞닿은 지점에 이르러
목숨의 그림자를 지워요
알을 깬 파편들이 눈부시군요

가물거리던 죽음이 이슥고
투명해져요 지느러미같은 날개가 돋아나요
어디로 데려가려는 걸까요

순간 용오름이 일고 구만리를 날아올라요

내려다보니 그림자의 집들이 지워 지고 있군요
저기, 차일을 친 듯 환한 불빛의 집은 또 무엇인가요
마치 초례청醮禮廳 같군요

다시 일광 블로그

– L에게

바닷가로 이사를 왔습니다
세간이야 별것 있겠습니까
그 사정 아시고 아침 바다는
금빛 햇살로 이마를 씻어 주었고
달빛 파도는 가슴 속
가라앉은 은쟁반을 닦아 줍니다

수평선 위로 날아오르는 갈매기들
너도 날개를 펴 보라고 끼룩거립니다
발목이 빨간 저것들과
다시 나는 법을 익혀야겠습니다

머잖아 나래를 펴고 접는 그만큼의
노래가 흘러나오겠지요
그때, 일광 해변에서
그대가 머문 탄자니아까지
흥얼거리며 날아가겠습니다

그림자 이별 2
– 따듯한 빈소殯所

빈소에 영정이랑 돌사진
나란히 놓아두었음 해요
엄마 알집에서 나와
젖 빨던 지점으로 돌아가 보게요

영정 속 얼굴을 만져보려면
고인의 울음이 흘러나온 냇물에
손을 적셔봐야지요

강물을 거슬러 올라 가보면
샘물 한 모금 맛보게 되는 것처럼,

돌잡이 사진
병치레 때 새긴 영정
그 막간의 시간을 되돌려 보면
눈물은 따듯해져요

엎드려 두 번 경배할께요
만나게 된 것이 고맙고
끌고 다니느라 고생했는데
그림자 없는 곳으로 가시게 되어 감사합니다

그림자 이별 3
– 하늘공원

그랬지, 뛰놀다
부르는 소리 들리면
우리 집을 바라보았지
어디서나 보이는 아버지의 집

그림자 잡아먹는
땅거미가 무서웠지만
툇마루 등불은 언제나 환해서
온몸이 밝아지곤 했지

아부지는 흠, 기침을 하시고
엄마는 얼른 밥술을 뜨라며
숟가락을 흔드셨지

뛰놀던 그림자랑 이부자리에 들면
꿈길이 아득해서 마치,
꽃 마중 가는 봄 소풍 같았어

언덕 넘고 시내를 건너서
들판을 지나고
몇 구비를 돌고 돌아

그 길 따라
여기까지 왔군

살구꽃이 피어서 대궐 같은
하늘공원

그림자 이별 4
– 우중宇中의 잠

잠이 부족했어요
달리면서 잠
날아가면서도 잠
꿈이 많았거든요

우주는 넓고 할 일은 많아요
깃발을 꽂으면
세상 어디든지 바람은 불고
돈은 펄럭여요

닥치는 대로 삼켜요
물컹한 것은 우물우물 넘기고
딱딱한 것은 부셔서 삼키고
흘러가는 것은 한두 모금 나눠서 마시고
도망가는 것은 한 발 앞에서 주워 먹었어요

더부룩한 잠,
꿈은 깊고 혼몽한데
배가 터지는 소리
내려다보니 이것들은 다 무엇인가요
어리둥절한 표정으로 쏟아져 나온 숫자들

〉

꿈이었나
꿈에서 다시 잠으로,
잠에서 다시 꿈으로

쑥 캐는 사위

우리 장모님은 구순이십니다. 미국 씨애틀에 삽니다.
딸이 사십 년 만에 엄마를 찾아갑니다.
머 사가꼬? 했더니 쑥떡을 해오라 하시더랍니다.

쑥 캐던 고향 언덕이 그리웠을까요.
사람 노릇 못했던 사위는 효도 쑥떡 해 가려고
고성 바닷가 바람쑥 하러 왔습니다.

졸수연 하신 우리 장모님
본향은 하동 북천입니다 쑥떡 같은 인생
쌉소롬한 맛 다시며 입맛 찾으시라고
기도하는 맘으로 쑥을 캡니다

장다리꽃밭 부근 재재거리는 산새 소리 담고
졸졸 개울물 한 토막 잘라서 넣고
산들산들 봄바람 붙잡아서 떡을 치려고 합니다.
오물거리며 고향 하늘 바라보실 우리 장모님,
쑥물 내음에 콧등이 찡 합니다

잡초 만세

아작아작 씹어도
바서지지 않고

시큼털털 침 범벅에도 삭지 않았다.
구불구불 일백 리 길
서로가 서로를 잡아먹는
아귀 굴에서도,

나는 먹히지 않았다

물고 뜯고 서로 씹다가
싸질러 논 두엄더미 속에서
새파랗게 눈을 뜬 채
살아남았다.

오월의 무논에
잡초들이 만세,
만산 초록은 만만세
나는 나의 강토에서 다시
온 몸을 흔들며 일어선다

집착 혹은 애착

잠결에 무엇인가
뚝 딱 거린다
현관문은 자동으로 잠겼을 테고
베란다 쪽 창문은 걸어놓았다

가져갈 것 없는 살림
이미 못 박아두었고 나사못 조여 놓았고
사개가 어긋나지 않도록 집은
서로를 부둥켜안고 있으니
문틈으로 후벼 드는 바람도 어쩌지 못할 것이다

아침에 일어나 보니
치솔걸이가 떨어져 있다
악다물고 있던 네가
견디는 나를 놓아버린 것이다

매인 것 풀고 현관문을 나서는데
매달렸던 단추가 떨어진다
고의춤 추스르는데 지퍼가 벌어지고
논슬립에 걸려서 구두 뒤축이 빠진다
놓친 손전화 뚜껑이 열리고 내장이 드러난다

〉

찜찜하다 붙잡고 버티던 것들이
서로를 놓아버리다니,
결근계를 내고 모래톱에 앉았다
바다는 짠물 한 모금도 놓아주지 않는다

해송을 붙들고 있던 해가 움찔거린다
일광이 저물고
솔은 그림자를 지운다

첫사랑

내캉 비슷한 늠이 하나 남았지

큰딸은 다섯 살 머슴아가 있고
시월달에 가스나 한 개 더 낳는다 카네

너거 집은 우찌됐노
딸래미가 둘이제
니 닮아서 똑똑할 낀데,

신랑은,
은퇴했나
아직도 힘 쫌 써나 허 허

철주 행님은 우찌 사노

아이구, 우짜노

우리 누님도 돌아가싯다

우리는 얼마나 남았을꼬

그래,

마시라

식는다

그림자 이별 5
– 꿈에 본 꽃마을

예사롭지 않아요 지나온 마을
풀꽃 한 송이 돌멩이 하나
수틀에 아로새긴 듯 또렷하군요

봄바람에 날줄 걸고
가을바람에 씨줄 걸어서
명주 한 필 얻었지요
거기에 자수 몇 점 수놓아
완화삼玩花衫 한 채 지었는데,
벗어두고 떠나야 하는 길

겨울 저녁답
산마루에 서성거리던 땅거미가
그림자를 먹으려고 기어오는군요
무서워서 길상문吉祥紋 베개를 안고
먼저 가신 어머니의 방문을 두드려요

깊은 잠의 꿈
이 밤을 자고 나면 저 마을에 꽃은 피리라*

어제 본 꽃마을,

내일 밤 꿈에 더 환하게 피어날까요

* 조지훈 '완화삼' 부분 변용

오시는가 봄비

또닥또닥
창문을 여니 봄비
우윳빛 하늘 아래 아득한 세상

젖줄을 물리시나
빗방울 자리마다
움이 돋는 초목들

꼼지락거리는 것들의 이름
그는 다 아시는 듯
민들레야 부르니 민들레꽃 고개를 들고
수선화 호명하시니 수선화 피어나고
벚꽃은 별처럼 떠서
천지간을 밝히는구나

춘분을 지나
보름달 떠오른 날
애벌레는 허물을 벗고
흰나비 노랑나비 날아오르는데
친구야, 이즈음 우리도
허접한 것 벗어버리고

꽃동네 그리던 본향
날아가지 않을 텐가

꽃 이름 부르며 강림하는 봄비처럼
그 날 새봄이 다시 와서
너와 내 이름을 호명할 때,

너는 너의 꽃으로 피어나고
나는 나의 붉은 향기로
예, 대답하며 깨어나지 않겠는가
춤 추며 노래하며 꽃구름 너머로
날아오르지 않을 텐가

오월의 눈물샘을 찾아서

꽃자리에
초록비 내린다

열병에 들떠서
흐느적거리며 산길을 걸었다
젖니가 돋아나 듯 수풀은
파랗게 아프게 물 밀어 오고
산기슭 밝히는 아카시아 꽃
은방울 소리는 먹먹한 가슴을 때리는 거였다

풀꾹새가 내놓은 길을
너를 생각하며 걸었다
오월은 눈물샘이 시린 계곡이었지
낙화를 적신 비는 옛 그림자 뿌리에 스며들어
초록초록 당신을 피워냈지

며칠만 더 머물다 가거라
산그늘에 기대어 칭얼대는 속울음을
너는 듣는가

내가 죽어야 꽃이 핀다

바다는 날마다 죽는다
혼절하면서 꽃을 피운다

파도가 제 발 앞에 엎어지며
죽어가는 것을 보고
붉게 서럽게 꽃이 운다

봄비 내리는 바닷가,
저 파도처럼 부서지면
미련한 사랑이 피어날까

갯바위에 서서
일렁이는 바다를 안고
죽어 간 파도의 이름을 부른다
해당화여

그림자 흙에 묻으면

저기, 보리밭 잔물결
파랗게 찰랑거리는 저것은
어제의 씨알 몇 날 깨지고 스러져서
어우러진 봄입니다

목숨을 흙 속에 묻으면
젖니가 돋아나듯 촉을 내고
햇보리처럼 푸른 모가지
뽑아 올릴 수 있을까요

껍질을 깨고 나온 들새처럼
몸의 그림자를 깨트리면
오뉴월 들판 위로
날아오를 수 있을까요

제2부

바람이 분다 시가 온다

꽃그늘

쉰 고개를 넘어가다
쉴 자리 찾아 서성거리는,

영취산
인적 없는 산길
산도화 몇 그루의
꽃그늘

첫사랑의 마을에도
복숭아꽃 피었을랑가

둘이 앉았던 자리
제비꽃 돋았을랑가

봄 꿩 자리 트는 소리
아득하다

가을이다 바람이 분다 시詩가 온다

해그림자가 들판을 덮는다
가던 길에 지쳤는지
한 잎 두 잎 낙엽이 지고
수숫대는 고개를 떨군다
떠나자
물고 있던 젖줄을 놓고
제 그림자 밟으며 흘러가야 하리

바람이 분다.
소매를 끄는 이것은
어디로 나를 데려가려는 걸까?
그 길 헤매다 돌아온 이가 없으니
산 갈대는 울다 지치고,
바람의 곡성哭聲이 천지간에 아득한데
떠나는 것들의 단풍잎은
울다 지친 누구의
붉은 속울음인지…

시詩가 온다
와서, 가슴에 냇물 한줄기 흘려놓는다
시가 눈물이 아니라면 세상은

얼마나 메마른 사막일 것인가?
찬비가 선듯해서 모가지를 움츠리는
산짐승의 동굴 속으로
시가 찾아온다

크게 한 번 목 놓아 울고
깊은 동면에 드는 오소리처럼
진저리치며 시를 맞이하자
가을이다
바람이 분다
시가 왔다

다시 꽃그늘

비로암 뒤란
쪽박샘 부근

산벚꽃 이파리
흩날리는데

쪼구리고 앉아서
찻물을 긷다

퍼내도 연방 고이는
그리움처럼,

흘려보냈는데
다시 아른거리는
구름 그림자

길을 덮고
산을 덮다

제 눈물 파먹는 동박새처럼

산길에 고목이 쓰러져 있습니다
그는 오백 년 생을 마감하는 중이고
나는 백 년 길을 걷는 중입니다
오백 년은 드러누웠고
일백 년은 더듬거리며 그 위를 지나는 형국이니
이 길은 십자로인 셈입니다

바람이 불어옵니다
지저귀는 동박새
고목 등걸에 앉아서
제 울음소리를 파먹고 있습니다

지나간 바람결에 무늬 진 것을
가을 독법으로 읽어내는 중입니다

그대 잠들지 않았다면
영취산 기슭으로 오세요
십자로 정점에 이슬 한 방울 내려주시면
애달픈 노래 쪼아 먹고
겨울밤을 울겠습니다

우포늪

간이역입니다
하늘길 가던 철새들이 날개를 접습니다.
끼르르 비추비추
날아온 거리만큼의 무게로 파문이 집니다

누가 설움을 부추기는지
한바탕 곡소리가 메아리칩니다
나도 속울음 풀어낼 곳 찾아서 여기까지 왔습니다
그렇다면 이곳은 고단한 길손들의 여인숙旅人宿인가요.

풀벌레가 웁니다
저녁 어스럼에 얼굴을 가리고
기르르 비주비주
보채며 칭얼거리다가
모가지 제 가슴에 파묻고 잠에 들겠지요

새벽안개가 퍼지면
깃털로 시린 발목을 씻고
우리는 다시 떠나야 할테지요
끼르르 비추비추
얼마를 더 날아가야
속울음 지우고 보금자리에 들 수 있을까요

저무는 강가에서

낮추시게
낮추시게
낮아져야 한다네

한바다 가까울수록
겸손해야 한다네

저무는 강변에 앉아
물소리를 마신다

다시 청어구이

눈을 뜬 채
젓가락질을 참아주었다
제 살점 집어서 삼키며
흡족해하는 목젖을
물끄러미 바라보고 있었다

고스란히 먹어치운 다음
포만감에 젖어서 비로소,
하얀 뼈가 떠오른 식탁을 사색한다

누구는 떠내려가는 목숨을 건져내고
강물에 제 등뼈를 띄웠다는데
이 비곗덩어리는
어떤 이의 허기를 채울 수 있을까
등 푸른 청어 한 마리가
도회적 공복을 위해
제 생명을 바친 것처럼,

기적이다

나에게도
목숨을 살리고
죽이는 권능이 있는가

파리채 휘두르면
한 몸이 순식간에 요절 날 텐데

그가 밥상을 나보다 먼저
간 보며 날아다닌다
잡것
손사래 치면서도
저것을 내버려 두는 것은
죽이지 않겠다는 뜻이다

그냥저냥 살게 두는 것은 은총이다
누추한 목숨을 부지하고 있는 것이
기적이다

어제 나는 죽었다

"나는 아무것도 원하지 않는다
나는 아무도 두렵지 않다
나는 자유다"*

너희에 대해 바라는 것이 없다
온 땅에 지뢰를 매설해 놓고
그것을 밟아서 폭발해도
죽지 않는 좀비들 세상이다
그러나 두렵지 않다

온 하늘에 쳐놓은 새빨간 거미줄
자유대한 예비역 병장인 나는
댓글 몇 줄 붙들고 발버둥 치며
벗어나 보려 하지만 얽히고 설킬 뿐,

그러므로 오늘 밤에 나는 죽겠다
칠성판 위에 누워서 내가 먼저 죽으면
저들의 지뢰 독침은 소용이 없을 것이다
좀비들과 빨강 거미의 세상에 대해
나는 자유다

3월 8일 저녁에도 나는 죽을 것이고
3월 9일 아침에 일광 바다 갈매기랑
다시 일어나 날아오를 것이다
3월 10일, 세상은 여전히 난감하여도

〉

두렵지 않다
다석多夕*이 그랬던 것처럼
매일 밤마다 죽고
매일 아침마다 다시 소생할 것이며
우리들의 내일은 이로써 지속될 것이다

오늘은
오~! 늘[永遠] 이다
날마다 오늘인 나는 그리하여 자유다
오, 자유의 나라 만세

* 니코스 카잔자키스
* 유영모

라스베가스 탈출

한낮에만 가능하다
초병들이 말뚝처럼 곳곳에 박혀 있다
탐조등이 희뜩번뜩,
무장헬기는 부엉이처럼 날아다닌다

깜박거리는 채집등 유혹을
모눈곤충들은 벗어날 수 없다
이리 오세요 저리로 가요
이리저리 끌리다 벌겋게 단 몸으로는
도무지 밤을 벗어날 수 없다

해가 우련하게 떠오르면
몰골이 스스로 무서워져서
암막 커튼을 치고 번데기처럼
웅크린 채 뒤척이다

이윽고 땅거미에 먹히고 만다
서두르지 않으면,
거미줄에 다시 포박당한다

라스베가스 탈출은

햇빛 환한 대낮에만 가능하다

내 돈 갚아라

동생은 병실 문에 기대어 울고 있었다
괘심했다 몇 년 만인가
죽는다는 소식을 듣고 찾아온 건가

재와 나는 천애고아다
가정을 꾸리고 가내공장을 한다니 기특했는데
어느 날 죽게 됐으니 돈을 빌려달라며 애걸복걸했다

결혼 못해서 혼자서 재산 늘이는 재미로 살았다
악착같이 모은 것을 구걸하듯이 꿔가더니
이자 몇 번 보내고는 꼬리도 안 남기고 사라졌다가
이제사 나타난 것이다

말기 암은 유명 병원 의사들도 어쩌지 못했다
문병 오는 이 없는 일인용 병실에
느닷없이 저 녀석이 나타난 것이었다
내일을 기약 못한다며
유족을 찾겠다더니 병원 연락이 닿았나

고갯짓으로 동생을 불렀다
눈물범벅이 된 녀석은 겨우 달싹거리는

내 입술 가까이 귀를 갖다 댔다
그동안 못했던 말,

이놈아 내 돈 갚아라

신세계는 어디에

청계천 변, 흘러가는 오폐수가 전해 준 전설입니다.
밤마다 마누라를 패는 남편이 살았다네요.
성냥공장에서 7천원 월급을 받아오는 날,
딸내미 팔을 비틀어 빼앗은 것으로 술을 처먹고 와서는
넝마집을 찌부러뜨리는 에비였답니다.
한겨울 얼음 깨지는 소리가
뚝방촌에 메아리치곤 했다지요.

왜 그러냐? 사는 일도 지겨운데 피붙이를 못살게 구니…
억울해서요. 조실부모하고, 서울역 구두닦이
찬바람 피해 간 데마다 주먹질 당하다
노량진 시래기 더미에서 여편네를 만났는데
내 뼈아픈 심사
풀어 놀데는 거기 밖에 없어서 그라지오.
술 깨면 창피해서 그날도 퍼마신다는 개망나니에게
드럼통에 방망이를 들여 주고는
억하심정일 때마다 두드려 패기로 했답니다.

깡통 찌부러지는 소리가 껌껌한 밤하늘 울리더니,
어느 날 부인이 넝마대장을 찾아 왔더라네요

웬일이오? 우리 애 아빠가 사람 돼가는 것 갑소.
리어카 끌고 고물 줍더니 일평생 안 하던 짓을 한답니다.
꿈인가 생신가 하다 넘 고마워서요.
그 날부터 하늘에다 감사한다며 이곳에 나다니기를 시작하더니,
여식애가 따라 나오고, 남편도 같이 와서 대가리를 숙이더라네요.

천당이 따로 있을까? 딸내미 야학 보내고,
오그라진 내 젖가슴 쓸어 주고
적금 붓기를 시작했으니 오늘이 천국이라오.
글썽이는 눈물방울 속에
그것이 보이더라는 이야기,
신세계가 어디 있냐고?

그 사정 내가 안다

장대비 쏟아지는 거리를
흠뻑 젖은 채 비틀비틀 걷고 있었습니다
깡그리 거덜 났고 쫄딱 망해서
내게는 아무것도 남아 있지 않았습니다
모두 내 곁을 떠났고
숨결조차 버거워서
울며 가고 있을 때,

한사람이 다가오더니
자기 우산 던져버리고
비바람 길을 함께 걸어주었습니다
나도 당해 봤다
그 사정 내가 안다는 듯이,

그랬군요 당신,
마구간 여물통에서 탯줄을 끊고
목수로 날품을 팔며 세상 멸시를 받다
모함으로 어이없게 죽임을 당했던
해골 언덕까지 기어가서
창날에 심장을 찢기고
한낮 땡볕 아래 마른오징어처럼

그렇게 죽은 까닭이,

그 사정 내가 안다
네 고초 나도 당해 봤다 하시려고
비바람 부는 지상의 길을 찾아오신 거군요

체휼體恤한 그 은혜를 추억하며
생신 잔치를 합니다
너무나 아리고 고맙고 북받쳐서
고개를 들지 못합니다
나의 맏형
인자人子 예수

가면 우울假面憂鬱
– 쌍문동 전설

함지기는 왜 오징어 가면일까

쌍문동 성기훈네
사주단지 속에는
패물함 봉채함을
청실홍실로 묶어 놓았고
오방주머니에 노랑콩 팥 목화씨를
목각 원앙새가 쪼아먹고 있다

원대로 이루기만 한다면 그래,
달고나에서 별을 따고
허방다리를 지나서
무궁화 꽃인들 못 피울까
밟고 가는 걸음마다 억억 하도록
함 값이 놓이기만 한다면,

그리하여 팔자를 고치겠다며
가면우울증에 앓으면서도 상우랑 덕수는
혼주댁 주변을 얼쩡거리고 있다네
사주단자를 받으려고
오늘도 쌍문동을 서성거린다네

수족관 금붕어

쉬지 않고
입을 벌렸다 오므렸다 하는 금붕어는
수족관 속에 있다
대체 무슨 말 하는지 알아들을 수가 없다

금붕어 입의 말씀을 들으려면
물 가둔 관을 깨트리고
가둔 물을 쏟아 내야 하는 것일까
연사는 강단에서 쉬지 않고
입을 오므렸다 벌렸다 한다

우리는 모두 강당에 모여
엄숙한 연설을 듣고 있다
저 말씀이 바깥세상에 울리는 소리가 되려면
이 지붕과 벽을 부셔버려야 하는 것일까

저들끼리 입 맞추고
꼬리 비벼대다가 알이나 까는
금붕어가 되지 않으려면,

버스를 기다리며

언제 오나
북풍한설 몰아치는데
동쪽 하늘 바라며
옹기종기 모여든 펭귄들

발가락으로 알을 굴리고 있습니다
비어져 나오는 품속의 것을
누가 와서 쪼아 먹을까
어깨는 자꾸만 움츠려 들고,

조금만 더 기다리면 나타날 거야
오고야 말지
저기, 전조등 깜박이며 고도*가 옵니다
졸음을 깬 펭귄들이
쪼르르 몰려갑니다

세모에 찬바람은 드세고
세상은 미끄럽지만
그가 왔으니
불빛 따듯한 얼음집으로
기어이 데려다 주겠지요

〉

현관에 아기랑 댕댕가 폴짝거리고
김치찌개가 끓고 손 씻는 물은 따시고
배달 통닭이 날아오고 수저통 딸그락거리는 소리가
명랑한 그런 집
고도가 와서,

* 사무엘 베케트 희곡 표제

놀란 듯 피어난 풀꽃 세상

동해 일광의 수평선은
한 치도 좌우로 기울지 않은
평 저울 같습니다 그 물결 위로
갈매기 몇 마리 날고 있군요

세상살이가 저기, 해수면 같다면
높낮음 없고 상하 구별 없는,
고위공직자나 하위인민들이 공평하게
출렁거리는 그런 나라

스스로 왕관을 쓴 것들이
서로에게 별을 달아주는 시절입니다
깡통별 모서리에 상처받은 이들은
오늘도 신음소리로 댓글이나 답니다

이러는 동안 삭풍이 부는 시절 흘러가고
이윽고 훈풍이 불어오면
봄 햇살은 남북동서 구별없이
꽃등을 밝히겠지요

내년 3월 9일 즈음엔

놀란듯이 피어난 풀꽃 세상
보게 될까요

가면을 벗고

– 코로나 블루

부리망* 쓰고 논밭을 가는 것처럼
일터에서 입마개 쓰고
2년 11개월간
헐떡이며 산다고 고생 많았습니다

거리에서 너를 만나도
눈인사만 해야 하는
애달픈 날들이었습니다

확진자가 되는 순간 너는
격리 대상이 되야 했고
나는 우울 가면 너머로 의심의 눈빛을 보냈지요
부고를 받고도
속울음 삼켜야 했습니다

어둡고 긴 터널 속에서
방호복은 땀에 젖고 콧등이 벗겨지고
손발에 물혹이 잡혀도
할딱거리는 목숨에
숨결을 불어넣어 주느라
무진 애를 쓴 의료진, 자원봉사자…

두루 애썼습니다

오늘도 그대가 있어서 명주실 같은
내 목숨을 이어 갑니다

* 소를 부릴 때 곡식을 뜯어 먹지 못하게 입에 씌우는 그물망

다시 어울리기

천 갈래 실개천이 어울려서
한바다에 드는 것을 보라
만 가닥 실뿌리가
나무 밑둥치에 모여서 하늘 향해 솟구치며
초록 웃음 쏟아내는 것 보아라
너와 내 마음
우리들 생각이
저렇게 모여들고 함께 어울리면,

여름 뙤약볕 즐겨서
단맛이 든 열매
물살에 닦여서 물무늬 진 조약돌
건질 수 있지 않겠느냐

너와 내가 흘려놓은 말
한바다로 모이고
나무 밑둥으로 모여서 솟아오른다면
초록초록 웃음소리
하늘에 닿지 않겠나

제3부

나는 어디로 갔을까

망중한忙中閑

어질러 놓은 이부자리
아직도 숨소리 들리는 듯하고

외손주가 뱉아 놓고 간
그 눈동자 같은
까만 수박씨,

하나둘 헤아려보며
한나절을 보내다

타나토스*의 그림자

– 1945. 4. 30.

양고기 볶음을 먹고
구부정하게 일어서며 그가 말했다
이제 끝낼 시간이군

도열한 비서들과 악수를 하고
총통은 제 방으로 들어갔다

부부는 서로를 지그시 바라보다
캡슐을 삼켰다
부관은 그들의 뒷덜미에 전쟁을 쏘았다

전용차에서 가솔린 한 통을 빼낸 참모는
부부를 벙커 뒷마당 구덩이에 밀어 넣고
지포라이터를 던졌다

동화책을 읽던 아이들에게는
여비서가 당의정 알약을 먹였다

전장을 떠돌던 군인들의 그림자는
더러 백학白鶴이 되어 날아갔고
1945년 4월 30일의

피비린내 나는 그림자는 아직도
우리들 곁을 머뭇거린다

* Tanatos. 죽음

다시 휴전선 부근

잡목 숲은 바람 따라 흔들리고
고사목은 쓰러져서
흙에 묻히고 있었다.

반짝이며 서 있는 것은
가시 돋친 철조망과 초병들의 검은 총구 뿐
오늘 나는 바람이 불어가는 향방을 가늠하려
철원군 노동당사 근방에 서 있다

끊어진 길도 강이 풀리는 것처럼
언젠가는 이어질 것이라 믿으며
반백 년을 기다렸지만
파묻혀 있는 전사자들의 한은 아직 풀리지 않았다

버릇처럼 방아쇠를 만지는 초병들
그 손으로 총을 녹여 삽을 만들고
대포를 녹여 가래를 만들어
오뉴월 산등성이에 무명용사 봉분을
남북이 함께 짓는 그 날은 언제나 올까

푸르게 아프게 초록 물결이 찰랑거리는

남방 한계선 부근,

까투리 자리 트는 소리 가물거린다

애가哀歌
– 아내에게

옆구리가 허전해서
두리번거릴 때
꿈엔 듯 너는 내게로 왔지.
내가 너 였을까? 너가 나 였을까!
슬그머니 두 손을 잡으며 우린
서로에게 물었지.

하늘이 트이고
너와 나 사이에
무지개가 걸리는 걸 보았어
일곱 빛깔 디딤돌을 하나씩 딛고
나는 너에게로 달려갔지

어느덧 황혼 무렵,
우리들이 가꾸던 텃밭에 서리가 내리고
별빛도 흐미해 졌지만
오랜 우물처럼
열무김치 서러운 맛이 나는 것 같아

이윽고 마지막 겨울이 와서
눈보라가 몰아쳐도

겁날 것 없지
뜨끈하게 군불을 때고
군내 나는 꿈 꾸다 보면,

이윽고 새벽닭이 홰를 치고
더 환한 무지개마을이 밝아 올거야

돌아오지 못할지도 몰라서

가스 밸브 잠그고
방을 둘러본 뒤
집을 나선다

돌아와서 전등을 켜고
충전기에 전화기 물려놓고
난방기 외출을 해제한 후
별고 없는지 냉장고 문을 열어본다

돌아오지 못할지도 몰라,
언제부턴가 마지막 외출이 될지도 모른다는 생각에
청소기 돌리고 이부자리 개서 장농에 넣고
베란다 창문을 걸고 보일러 전원 끄고
신발을 가지런히 해놓고
현관문 나서기 전에 한두 번 뒤를 돌아보게 되었다

반드시 돌아올 것이라 장담할 수가 없어서
여기저기 흔적 지우느라 약속을 하지 못한다
죽어서도 남의 손 빌릴 수야 없지,
그림자의 외출을 삼가고
전화로 마실을 간다 영상통화로 만난다

비

똑
똑

지가 쓰고
지가 읽고,

비가 쓴 봄 편지
민들레가 받아서 읽고
들판 위에서 들새는 노래를 짓고

풀꽃들은 제 이름으로 답장을 쓰고,

비가 내려서

주렴을 드리니 좋지
또렷한 거 보다 흐린 게 좋아
빗줄기가 드세면 더 좋아
북받치는 설움 감추지 않아도 되지
같이 울어 주잖아 눈물 훔쳐낼 필요가 없어

비 맞으러 일광 바닷가로 나가지
같이 훌쩍거리는 소리를 듣는 일
괜찮다 괜찮아 파도는 잔소리를 해대고
너나 잘해 구겨지지 말고,

빗소리가 좋아
허접한 것들이 빗물에게 씻기는 게 좋고
숨겨놓은 것에 스미고 젖어드는 게 좋아
잘못한 일 빗줄기에 매를 맞는 것도 좋아
꼿꼿하게 서 있는 것들이 도망 못가고
다소곳하게 비를 맞는 것이 좋아

나는 어디로 갔을까

사무치던 것들은 다 어디로 갔나
푸른 나뭇잎들 저렇게 바람 타는 날

잎맥 따라서 솟구치던 초록 숨결과
숨가쁘게 휘몰아치던 오월 감격은
어디로 잦아들었나

노랫가락 한 소절 흘러와서 감기면
며칠을 그것과 장단 맞추다 지치고
시詩 한 구절 가슴에 안기면
진동을 이기지 못하고 주르루
진액을 쏟아내던
그는 어디로 가 버렸나

오늘도 바람은 불고
공휴일 휴게소는 들썩거리는데
여기, 맹숭한 나무토막은
무엇인가

흙에서 흙으로
– 항아리에게

흙 장난하는 아이가
무심코 빚어낸 무아의 그릇들
누구나 마음 곳간에 한두 점씩은 소지하고 있으리

그런 것 아닌가
흘러서 깊어가는 동안
새겨 놓아야 할 이야기들
지문이 느껴지도록 아련한 것들
때로는 덮어두어야 할 아픔
긁어내야 하는 상흔
분칠을 하고 살아야 하는 내력을,

상감하듯이
인화문으로 귀얄에 박지, 덤벙 분으로
빚어 내고 싶었지
그래서 가슴 속 깊이 불을 넣고
일천도 화염을 견디지

타버려서 재가 되지 않으면
사랑이라 할 수 없으리
애타는 심사에 다시 그 잿물을 바르고

불구덩이를 견딜 때
비로소 달그림자를 품은 항아리가 되지

흙에서 다시 흙으로
그대 숨결이 바람 될 때까지*

* 폴 칼라니티

짐승들의 시

– 부마민주항쟁 42주년에

그날,
우리도 나가봐야 안되겠나?
시와 짐승*들은 광복동 우체국 옆 골목 안
바우고개 동굴에 모여서 작당을 했다
서면로타리 사방으로
시민들이 들끓고 있었다

허공을 향한 주먹질을 헤집고
새끼곰처럼 미련하게 앞으로 앞으로 기어갔다
부산 부釜자 위에 오륙도를 떠받혀 놓은
가마솥 가랭이 그 어디쯤에
먹이가 숨어 있는 거 같았다

부근에 이르자 무등을 탄 사내가
핸드마이크 소리치고 있었는데
시청으로 가자 시청으로 가라
먹이가 거기에 있나? 동보극장 쪽으로
몸을 트는데, 빠방, 빵 빵
총성이 울렸고 짐승들은 우왕좌왕
그 때 눈두덩에 뭔가 번쩍하였다
뜨끔하구나 앞발로 눈을 부비며 달아나려는데,

눈에 맞았다 눈알이 빠졌다
비틀거렸고 누군가 들쳐 업더니
내달리기 시작했고 세일병원인가
피범벅을 닦아 내던 의사는 눈두덩 뼈가
깨지지 않아서 다행이라고 했다

이후, 나는 부마항쟁 가투에서
쇳덩이에 찢겨졌고
여덟 바늘이나 꿰멧다고 자랑질하며 다닌다
광주 5.18이나 서울역 투사들이 으시댈 때
조금도 꿀리지 않았다
나는 피흘려 싸웠고 민주화 열풍에
눈섶 몇 낱을 흩뿌렸노라
기념사업회에서 보상 계획 있으니
접수하라 했지만 그만 두었다
면상에 투쟁 훈장이 여실한데
이에 무얼 더 바라랴

40여 년 지난 지금,
주변인들은 날 더러 태극기냐고 한다
2003년 평양을 갔다온 후

돌을 던져야 할 대상이 수정되었다
정치 건달 잡으러 서울집회에 가고
개꿈을 해몽하는 요상한 통일놀음에 돌팔매질하며 논다

아무렴, 항쟁은 불의와 패악질에 대한
짐승적 반동에 다름아니다
어제도, 오늘도, 내일도…
시절이 하수상한 까닭은 시와 짐승들이
시詩로서 인간행세를 하며 살고 있기 때문아닐까?
하고 생각하는 바이다

* 동인지 '시와 인간'을 일컬음

다시 찔레

봄맛 다시듯
찔레 하고 불러 본다

말문 트는 입술에
넣어주고 싶은 저것

아이야
따라해 보렴
찔레꽃,
아빠

일광 블루스

외로운 것이다
이끄는 파도 소리
다가서 보지만
모래톱을 넘지 못한다

너는 거기서 울며 보채고
넘어가지 못해 나는 여기서 울먹거린다
알전구가 흔들리는 포차

외로운 것이다
펼쳐놓은 상차림에 찬기 여럿
초장에 냉이고추, 막장에 생선도 외로워서
알몸 서로 부벼 대다
깻잎을 만나서
가슴속으로 파고든다

외로운 것이다
등 뒤에서 파문 져 오는 잡담이
등뼈에 철썩거리는 것은
내 속엣말이 썰물 지고
망설이며 밀물지는 너 말이

질펀한 뻘밭을 만나지 못한 탓이다

외로워서 바다를 만나러 갔다가
우는 파도를 안고 돌아오다

낮은음에서 높은음자리로

살아있는 것들이 날 좀 보소
싱글벙글 우쭐거립니다
단내가 천지간에 아득합니다
꽃을 피우더니 꽃 진 자리에
둥실둥실 생각을 달아 놓았습니다

홍옥, 그 맛 나기까지
해 달 별빛은 밤낮으로 어루만져 주었고
바람은 잘 여물도록 부채질 해주었다지요

서성거리던 그대
저것이 여무는 동안 무얼 하셨나요
기어이 가을은 오고
벼 이삭은 서로 부벼 대며
황금 향연을 조율 중입니다

오늘은 우리들이 화답하는 단풍음악제
둘러 서시오 북소리에 맞춰서
나팔을 울리세요
비파는 현을 긋고 피리에 숨결을 불어 넣어주오

분분하던 자리에서 일어나
더불어 목청 가다듬고
떼창 함께 불러요

낮은음에서 가장 높은음자리로,

뱃사공 분도의 아침

덕판에 갈근거리는 바람이 상쾌하다
푸른 이끼 더듬고 가는
은어 떼 지느러미
깊숙이 삿대 찔러서 그 물길을 앗는다

조약돌 잠 깨우는 물새 한 마리
만 평 모래밭 땀 뜨다 날아가고
간밤, 꿈에 달뜬 갈대 부스스 잠기를 털고 있다
구절초 잎사귀에 베틀을 거는 풀무치랑
딸가닥, 딸가닥
색실을 뜨는 아침햇살

청명한 섬진강에 거룻배가 실린다
건너야 제 꿈 밭을 짓는 사람들
목숨줄 풀면서 건너가고
제 꿈 밭을 짓고 돌아오는 사람들이
갖은 색실 끌며 건너오는,
더러는 타지로 나갔던 이웃들이
한숨 끌고 돌아와
바닥이 환한 베틀에
바디실을 뜬다 온갖 모양 물무늬로

베필이 흘러간다

살고 보면 사는 일
물소리 그 한 필인 것
이두박근 힘 모아서
뼈의 상앗대 고쳐 잡고 어허야,
오늘도 꿈길을 튼다
쪽진 낮달이 흐르는 강심에
명주실 목숨을 건다

다시 양말에게

내가 아침마다
무릎을 꿇는 것은
너가 그 자리에 있기 때문이다

너는 맨살의 욕망을 부드럽게 감싸주었고
지쳐서 터벅거릴 때
속 깊은 따스함으로 품어주었다

그래, 너는 흙에 가까운 존재
나지막히 엎드린 민들레 꽃에 가깝고
채마밭 두엄더미와 가깝다
생명과 죽음은 너의 반가운 이웃
무덤은 너에게서 위로를 얻는다
산상봉은 너의 보람
그러나, 하루가 교만스레 하품할 때
너는 던져져서 구석진 곳에 자리를 편다

오늘 아침에도
너를 향해 고개 숙이고
무릎을 꿇고
허리를 낮추는 것은 그래,

낮은 자리에
그대가 머물러있기 때문이다

그는 알고 있다

내가 다가서면
물을 내린다

그는 알고 있다
그리하여
물을 내린다

내가 물러서면
그 흔적 지우려고
더 많은 물을 내린다

다시 돌멩이처럼

굴러내린 돌멩이가
산길 위에
가만히 눕는다

모서리를 흙 속에 묻으며
산마루 넘어가는 사람들의
길이 되는 것이다

무릎을 꿇고
모가지 파묻고
납작 하게 엎드리면

산정을 향해가는 사람들의
길이 될 수 있을까

다시 말뚝

한번 박히고 나면
밑둥치가 썩어서 넘어질 때까지
말뚝은 그 자리를 지킨다
뽑아주거나 날 선 도끼가
아랫도리를 분질러놓기 전엔
꼼짝도 할 수 없는 말뚝

어떠한 지경을 위해 박힌 말뚝은
경내의 가치가 소멸되어도
철조망을 물고 서 있어야 한다
밑둥치가 썩지 않고는
편안히 눕지 못하는 말뚝

저것들은 언제부터 저 모양으로
박혀 있게 되었을까
날카로운 가시를 물고
강철 근육 내보이며
큰 말뚝의 지경을 버티는 작은 말뚝들

긴장한 채로 꼿꼿하게 굳어가는 저것들을
누군가 가서 뽑아주거나

아랫도리를 분질러주어야 할 터인데
썩어서 냄새를 풍기며 자빠지기 전에,

소한의 월광에

소한小寒이다
달빛이 차갑다
나뭇잎들은 우수수 떨고 있고
그 위로 은침銀針이 파랗게 쏟아진다
온몸이 따끔거린다

피가 식은 것들은 모두
제 굴속으로 움츠러들었다
돌확에 천년 간 뼈를 갈아서
무한 고독을 관통하려는
벌겋게 몸이 단 것들만
제 그림자를 핥고 있는 밤

나는 백년 고독을 다 채우지 못했으므로
영취산 아래
시퍼런 눈물이 그렁한
연못길을 서성거린다

신기료네 집

나무를 심는 사람 장 지오노 아버지는 구두 수선공.
산업혁명의 시절에 프로방스소읍에서 신기료 집을 운영했다는군요.해가 저물면 가게 문을 개방하고 정처 없는 떠돌이들을 맞이해 주었답니다. 빵 커피, 포도주 몇 병을 내놓고 고단한 걸음을 쉬게 했다지요
나그네들은 밤이슬 피해 그곳으로 찾아들었고, 억하심정 서로 쏟아내며 떠들다가 날이 밝으면 각자 자신의 길을 찾아서 떠났다는군요

하 수상한 시절에, 그는 신비한 혁명주의자였고 구둣방은 위로와 치유의 공간*이었답니다.
2년 전, 여름휴가 때 신비한 혁명에 꽂혀서 글썽이며 다니던 기억이 생생합니다.
가슴에 속울음이 알알이 맺혀있는 목회 동지들이 아무 때나 찾아와서 퍼 질고 앉아 상처 난 포도를 털어놓을 수 있는 공간이 사무치게 그리웠지요.
광야길 가다 신발 헤지고 옷이 찢어지면 꿰매야 하는 것처럼,
세상 길 가다 상하고 찢긴 마음 깁고 가오.
신기료네 집

* 김화영 산문집, 여름의 묘약

작가마을
시인선
063

어제 나는 죽었다

이창희

시집해설

시가 오는 길목의 다층적 풍광

김종회
(문학평론가, 전 경희대 교수)

시가 오는 길목의 다층적 풍광

– 이창희 시집 『어제 나는 죽었다』

김종희
(문학평론가, 전 경희대 교수)

1. 수직 · 수평의 관계성과 자아정체성

이창희는 경남 합천에서 출생했으며 젊은 시절부터 시를 썼다. 1985년 《월간문학》 신인상, 그리고 《부산문화방송》 신인문예상을 받고 등단했으니 문학에 발을 들여놓은 지 40년 가까운 세월이다. 이제까지 그는 『사람이 되려고』, 『다시 별 그리기』, 『사인 탑승』, 『고맙다』 등 여러 권의 시집을 펴냈고 앞으로는 이제껏 못다 한 시 작업 마무리에 삶의 주력을 둘 생각으로 있다. 그가 그동안 시에 집중하지 못했던 것은, 주지하다시피 바쁘고 고단한 목회자의 길을 걸어왔기 때문이다. 일상의 우선순위가 목회에 있다면, 당연히 시는 일정 부분 유보될 수밖에 없다. 그러나 이제까지 펴낸 네 권의 시집을 두고 보면, 그의 가슴속에 타오르고 있는 시의 불꽃이 꺼지는 일은 없었던 듯하다.

언뜻 듣기로는 그동안 큰 교통사고를 당하고 죽을 고비를 넘기면서, 다윗의 시편에서 그 답을 찾은 경험이 그에게 있다고 했다. 이와 같은 실제적 체험이 오고 나면 중요한 일과 그렇지 않은 일, 또는 꼭 해야 할 일과 그렇지 않은 일의 구분이 쉽고 명료해질 것이다. 새롭게 시 창작을 향해 나가려는 그의 발걸음에서 보다 깊고 원숙한 기독교적 세계관을 목격하는 일이 별반 어렵지 않으리라 여겨지는 이유다. 기실 우리 문학의 가장 큰 단처短處로 지적되는 사상성의 허약이나 부재가 이러한 종교적 배경에 의해 부양扶養될 수 있다면 이는 매우 바람직한 경우다. 한국문학사에도 여러 사례가 있거니와, 세계문학의 처처에서 그와 같은 수범垂範을 볼 수 있다.

이번 시집에 나타난 이창희의 시 세계는 모두 3부로 구분된 단락의 의미를 따라가 볼 때 대체로 다음과 같은 윤곽으로 드러난다. 제1부에서는 삶과 죽음의 문제를 지속적으로 환기하면서 지워짐과 그림자, 재생과 부활의 개념을 겹쳐서 전제한다. 제2부에서는 세상살이의 여러 면모를 시의 대상으로 상정하고, 그 가운데서 시를 불러오는 끈기 있는 인식 방법을 확립한다. 이 두 가지의 시적 태도는 전자를 수직적, 후자를 수평적 사고의 발현으로 호명하여도 무리가 없어 보인다. 그런가 하면 제3부는 인간의 생애가 당착할 수 있는 여러 극한상황을 뒷 그림으로 매설 하고, 그 질곡을 넘어설 수 있는 겸손과 나눔과 섬김의 발현에까지 시의 범주를 확장한다. 이 모든 상황을 통할해 살펴보면, 이 시집이 사뭇

입체적이고 웅숭깊은 의미망을 포괄하고 있는 것으로 수긍되는 터이다.

2. 생사 간을 가로지르는 운명의 언어

이 시집 제1부에 수록된 시들은 인간의 삶과 죽음이 어떤 상관성과 긴장 관계 아래에 있으며, 그것을 관찰하고 표현하는 관점이 어떤 모양과 빛깔을 갖게 되는가를 현현顯現한다. 생사의 경계를 구획하는 눈, 죽음 이후의 세계를 설명하는 언어는 우리의 지경을 벗어난 운명적인 범주이자 종교적으로는 신과 인간의 거리를 재는 수직적인 관계성의 영역이다. 이 일호의 차착 없이 준엄한 법칙이 시의 문면에 수용되면, 시가 겸허해질 수밖에 없다. '손을 내밀어 보지만 떠나는 사랑은 돌아보지 않는다'(「가을 어스름」)나, '순자는 혼자가 되었을 때 비로소 알게 되었다'(「순자와 혼자」), 그리고 '바다는 날마다 죽는다. 혼절하면서 꽃을 피운다'(「내가 죽어야 꽃이 핀다」) 같은 빛나는 시의 구절들이 그것을 말하고 있다.

날아오르려니
무겁군요

몸을 떠나는 숨결
붙잡아 보았더니

21g이었다는데,

커피콩 135알 무게

실없는 짓을 한 정신과 의사는 그날부터

아귀 벌린 호주머니 따내고

주저앉은 책들 내다 버리고

가슴 속 눌어붙은 욕심

소금물 마시고 토설했다네요

겨울 숲으로 가는 목백일홍처럼

하나씩 잎사귀를 지우면

한 톨 씨앗으로 남을 수 있을까요

내 목숨의 중량

－「목숨의 중량」 전문

기독교적 시각으로 볼 때 우리의 생명이 몸과 혼과 영으로 이루어져 있다면, 이 시에서 정신과 의사가 그 중량을 재려고 시도한 것은 결국 영과 혼의 무게일 것이다. 시인은 이를 '숨결'이라 불렀다. 그런데 그 힘겨운 측정의 시도가 무용無用했을 뿐 아니라 오히려 완강한 반작용을 초래했다는 이야기다. 어느결에 시인은 생명현상의 순일純一한 바탕으로 돌아온다. 동시에 이렇게 반문한다. "겨울 숲으로 가는 목백일홍처럼 하나씩 잎사귀를 지우면 한 톨 씨앗으로 남을 수 있을까요." 계절의 변화나 삼라만상의 변모는 자연의 섭리, 신의 섭리를 대신한다. 시인의 관심은 '내 목숨의 중량'이 재생과 부활의 근본으로 남는 데 있다.

> 작별 인사는 정해 논 것이 없어요
> 떠나는 길손 바라보는 눈빛은 여러 가지야
> 벌써 가려느냐 어떻게 밤길을 혼자 가니
> 함께 하지 못한 이들이
> 이런저런 말을 보태지
>
> 모자를 벗고 잠시 눈 맞춤해요
> 그동안 고마웠소
> 여인숙旅人宿에 남아있는 살냄새는
> 불어오는 바람결에 털어버려요
> 고개를 넘어 새벽 바다에 이르면
> 마지막 숨결 갈매기 울음에 실어 보낼게
>
> –「그림자 이별 1 – 먼 길」 부분

제1부의 시 21편 중에는 '그림자 이별'이란 제목이 붙은 연작시 5편이 있다. 시인은 시종일관 '그림자'나 '지워지는' 것들을 주목한다. 우리 존재의 유한함과 그에 대한 경각심을 촉발하기 위해 시인이 선택한 어휘다. 먼 길을 떠나는 길손은 모자를 벗고 고마움을 표하고 '마지막 숨결'을 실어 보내겠다고 약속한다. '목숨의 그림자'나 '가물거리던 죽음' 가까이에서 내려다보면. '그림자의 집들이 지워지고' 있다. 삶과

죽음, 헤어짐 이후의 소통을 조감鳥瞰하고 관조하는 시야에 문득 초례청 같은 '환한 불빛의 집'이 보인다. 이러한 풍광은 이미 우리가 발을 딛고 사는 세속의 것이 아니다. 시인만이 감각하고 묘사할 수 있는 경계 너머의 세계다.

> 꼼지락거리는 것들의 이름
> 그는 다 아시는 듯
> 민들레야 부르니 민들레꽃 고개를 들고
> 수선화 호명하시니 수선화 피어나고
> 벚꽃은 별처럼 떠서
> 천지간을 밝히는구나
> (중략)
>
> 너는 너의 꽃으로 피어나고
> 나는 나의 붉은 향기로
> 예, 대답하며 깨어나지 않겠는가
> 춤 추며 노래하며 꽃구름 너머로
> 날아오르지 않을 텐가
>
> —「오시는가 봄비」 부분

지금까지 우리가 값있게 누려온 시의 은택恩澤은, 얼굴을 굳힌 사나운 표정을 보인 적이 없다. 시는 어떤 경우에라도 직접적인 화법으로 말하지 아니한다. 비유와 상징, 축약과 내면화의 전언轉言으로 우리 가슴 속의 감응력을 이끌어낸

다. 시인이 이 시에서 뜬금없이 '오시는가 봄비'라고 부른 소이所以도 거기에 있다. 모든 꽃의 이름을 알고 불러주는 이는 누구인가. 세상의 언덕 너머에 편만遍滿한 절대자다. '예, 대답하며 깨어난' 시적 화자는 문득 평범한 일상으로부터 '꽃구름 너머'로 날아오를 수 있다. 시인은 그 절대자의 이름을 시에서 발설하지 않으나, 시적 현상과 발화법을 통해 성聖과 속俗 그리고 천상과 지상이 하나의 꿰미로 연계되어 있음을 펼쳐 보인다.

3. 시와 자유를 말하는 세상사의 문법

종교적 차원에서 절대자와 인간의 관계를 두고 이를 수직의 축이라 한다면, 사회사적 차원에서 인간과 인간의 관계를 일러 수평의 축이라 할 수 있다. 이 씨줄과 날줄의 교차 중심에 십자가가 있고, 예수는 그 십자가에서 죽었다. 한 개인의 신앙이 바로 서 있다는 것은 그와 하나님의 관계가 수직적으로 건강하다는 뜻이다. '너희 안에 거하시는 하나님'에서 그 '너희 안'은 'in your heart'가 아니라 'among you'이며, 이 수평의 축은 수직의 축 못지않게 중요한 핵심적 가치다. 이 시집의 제2부는 그렇게 제1부와 분별 되는 의미망으로 수평적 관계성에 접근한다. 그러할 때 시인은 본원적인 감성을 되살려 시에 경도되고(「꽂그늘」), '풀꽃 세상'(「놀란 듯이 피어난 풀꽃 세상」)을 지향한다. 이처럼 효율적인 글쓰기 방식을 동원하여, 그는 직접적으로 말하지 않고서도 충분한 시적 함의를 전달한다.

시詩가 온다
와서, 가슴에 냇물 한줄기 흘려놓는다
시가 눈물이 아니라면 세상은
얼마나 메마른 사막일 것인가?
찬비가 선듯해서 모가지를 움츠리는
산짐승의 동굴 속으로
시가 찾아온다

크게 한 번 목 놓아 울고
깊은 동면에 드는 오소리처럼
진저리치며 시를 맞이하자
가을이다
바람이 분다
시가 왔다

—「가을이다 바람이 분다 시가 온다」 부분

날은 스산한 가을이고 때는 해그림자가 들판을 덮는 황혼녘이다. 거기에 바람이 불고 떠나는 것들의 울음이 천지간에 아득하다. 동서고금의 시인 묵객들이 시를 생산하지 않을 수 없는 환경 조건이다. 시인의 가슴에 '시가 온다.' 그에게 시는 눈물이며 울음이다. 그 시와 더불어 가을이 오고 바람이 분다. 사정이 이러하다면 이 기운 곳 없는 우주 자연의 숨결 가운데서 시인은 비로소 자신의 길을 발견할 수 있을 듯하다. 옥중의 투사 성삼문이 '이 몸이 죽어가서'로 시작되는 시조를 남길 때보다, 형장의 이슬로 사라지는 시인 성삼문이 '북소리 내 목숨을 재촉하는데'로 시작되는 오언절귀 한시漢詩를 남길 때의 배포가 훨씬 더 확장되어 있었듯이. 헤르만 헤세의 순정한 나그네 감성이 세상의 온갖 방랑과 그 동통疼痛을 넘어섰듯이.

그러므로 오늘 밤에 나는 죽겠다
칠성판 위에 누워서 내가 먼저 죽으면
저들의 지뢰와 독침은 소용이 없을 것이다
좀비들과 빨강 거미의 세상에 대해
나는 자유다

(중략)

두렵지 않다
다석多夕이 그랬던 것처럼
매일 밤마다 죽고
매일 아침마다 다시 소생할 것이며
우리들의 내일은 이로써 지속될 것이다

– 「어제 나는 죽었다」 부분

이렇게 과감하고 단정적인 시의 제목이 또 있을까. 시인은 니코스 카잔차키스의 말을 에피그램으로 가져다 두면서, 시대적 현실에 대응하는 시적 표현으로 죽음과 자유의 대칭적 화법을 소환했다. 그러나 이 시는 '예비역 병장'의 전력前歷을 불러 오면서도 시인이 살고 있는 '일광 바다'를 함께 매설했으니 일종의 회상시점에 의거한다. 이 재생과 부활의 내일에 대한 강변强辯은 궁극적으로 '자유의 나라'를 눈앞에 둔다. 이때의 자유란 과연 무엇인가. 시인으로서, 동시대의 사회인으로서, 아니면 이 모든 절목들이 대언代言하는 종교적 상징으로서? 거칠게 말하자면, 시인은 시를 통해 그 모든 것이 가능하다고 믿는 것 같다. 항차 사도 바울 또한 '나는 매일 죽노라'(고전 15:31)라고 언명言明하지 않았던가.

그 사정 내가 안다
네 고초 나도 당해봤다 하시려고
비바람 부는 지상의 길을 찾아오신 거군요

체휼體恤한 그 은혜를 추억하며
생신 잔치를 합니다
너무나 아리고 고맙고 북받쳐서
고개를 들지 못합니다
나의 맏형
인자人子 예수

―「그 사정 내가 안다」 부분

자신의 시를 통해 좀처럼 기독교적 색채를 드러내지 않던 시인이, 마침내 이 대목에 이르러 장막을 걷었다. 이 시의 말미에 화석化石처럼 새겨둔 '나의 맏형 인자人子 예수'라는 구절이 그 화인火印이다. 만약에 이 유다른 발성이 시의 형식이라는 카타르시스를 거치지 않았더라면 종교적 불경不敬 시비에 휩쓸릴 수 있는 언사다. 이 시의 화자는 숨결조차 버거워서 울며 가고 있는데 한 사람이 다가와 비바람 길을 함께 걸어준다. 그 사정 내가 안다는 듯이! 예수가 몸소 겪어야 했던 멸시와 죽음이 있었기에 화자는 흔연히 납득 한다. '비바람 부는 지상의 길'을 찾아온 전후 문맥을 체득하자 화자는 고개를 들지 못한다. 시의 외양을 빈 이 절박한 고백의 문면文面에, 우리가 세상의 저잣거리에서 만나는 믿음의 참된 얼굴이 잠복해 있다.

4. 삶의 극한을 넘는 낮은 자리의 미학

이 시집의 제3부에서 시인은 유달리 전쟁이나 극한상황에 이른 쟁투의 현장을 자주 등장시킨다. 히틀러의 자살을 그린 「타나토스의 그림자」, 남북대치의 현장을 보여주는 「다시 휴전선 부근」, 부마항쟁을 회상하는 「짐승들의 시」 등이 모두 그렇다. 그런데 그것이 시의 목표일 수는 없다. 일찍이 에밀 졸라가 "당면한 어려운 문제의 묘사는 그 극복을 위해 있다"고 했지만, 시인은 그와 같은 삶의 극한을 넘어서는 유암柳暗하고 화명花明한 경계를 내다본다. 그것은 이해와 용서의 새로운 정신세계다. 거기에 삶의 실재가 있고 거기서 자아정체성을 도출할 수 있다면, 그의 시는 낮고 겸손한 자리에서 이긴 자의 노래다. 여기 노자『도덕경』66장의 한 구절이 있다. "강과 바다가 수백 개 산골 물줄기의 복종을 받는 이유는, 항상 낮은 곳에 있기 때문이다."

사무치던 것들은 다 어디로 갔나
푸른 나뭇잎들 저렇게 바람 타는 날

잎맥 따라서 솟구치던 초록 숨결과
숨가쁘게 휘몰아치던 오월 감격은
어디로 잦아들었나

노랫가락 한 소절 흘러와서 감기면
며칠을 그것과 장단 맞추다 지치고
시詩 한 구절 가슴에 안기면
진동을 이기지 못하고 주루루
진액을 쏟아내던
그는 어디로 가 버렸나

오늘도 바람은 불고
공휴일 휴게소는 들썩거리는데
여기, 맹숭한 나무토막은

무엇인가

—「나는 어디로 갔을까」 전문

시의 궁극적인 목표는 무엇일까. 시인은 임립林立한 시의 행렬 속에서 무엇을 찾아 헤매는 자일까. 모든 시의 구중심처에는 시인 자신도 모르게 여며둔 본래적 자아가 있다. 시는 일상적 자아가 그 숨은 근원을 찾아가는 일인지도 모른다. 이 시에서 '나는 어디로 갔을까'라는 질문은, 바로 이 곤고한 시적 탐색의 여정에 대한 명명命名이다. '사무치던 것들'을 찾다 '시 한 구절'을 얻었으면 그 내면적 손익계산은 어떠할까? 그것은 '여기, 맹숭한 나무토막'과 어떤 연관성을 갖고 있단 말인가. 이 시에서 '그'는 곧 '나'다. 자아정체성의 회복은 세상을 보는 눈, 자신에 대한 통어력, 그리고 새로운 장정長程에의 시발이다. 모르긴 해도 시인은 그의 전체 시세계에 있어서 이 엄중한 물음으로부터 자유롭지 못할 터이다. 또한 이는 어느 시인이나 숙명처럼 면대하고 있는 언어의 굴레이기도 할 것이다.

내가 아침마다

무릎을 꿇는 것은

너가 그 자리에 있기 때문이다

(중략)

오늘 아침에도

너를 향해 고개 숙이고

무릎을 꿇고

허리를 낮추는 것은 그래,

낮은 자리에

그대가 머물러있기 때문이다

―「다시 양말에게」 부분

평범하면서도 평범하지 않는 시! 참 좋은 시다. 하나의 시집에 수록된 시가 모두 좋은 시일 수는 없다, 김소월의 『진달래꽃』에서도, 한용운의 『님의 침묵』에서도, 서정주의 『화사집』에서도 그렇다. 이렇게 좋은 시 몇 편이 함께 자리를 지키고 있으면 그 시집은 제 스스로 빛이 난다. 양말, 돌멩이, 말뚝과 같이 무심히 지나치는 하찮은 것들에 대한 시인의 정감情感이 이러한 시를 산출한다. 시의 흐름을 보면, 마치 앞서 언급한 노자의 금언金言을 그대로 옮겨온 것 같다. 낮은 자리의 겸손이란 누구를 위한 것일까. 온갖 수식어를 다 거치더라도, 그것이 궁극적으로 자기 자신의 품성을 고양한다는 결론을 제척除斥하지 못할 것이다. 그 명료하고 준엄한 시적 선언이 「다시 양말에게」에 머물러 있다.

하 수상한 시절에, 그는 신비한 혁명주의자였고 구둣방은 위로와 치유의 공간이었답니다.

2년 전, 여름휴가 때 신비한 혁명에 꽂혀서 글썽이며 다니던 기억이 생생합니다.

가슴에 속울음이 알알이 맺혀있는 목회 동지들이 아무

때나 찾아와서 퍼 질고 앉아 상처 난 포도를 털어놓을 수 있는 공간이 사무치게 그리웠지요.

광야길 가다 신발 헤지고 옷이 찢어지면 꿰매야 하는 것처럼,

세상 길 가다 상하고 찢긴 마음 깁고 가오.

신기료네 집

—「신기료네 집」 부분

신기료장수는 헌신짝을 깁는 일을 전문으로 하는 직업이다. 시인은 지금 독서치유센터 '신기료의 집'을 운영하고 있으니, 이 시를 쉽게 지나칠 수 없는 까닭이 되기도 한다. 시인은 먼저 산업혁명 시절 프랑스의 소읍에서 신기료 집을 운영하던 '장 지오노'의 아버지를 서술하고, 지금 자신의 신기료네 집에서 '찢긴 마음 깁고 가오'라고 청유한다. 그가 시인이어서, 목회자이어서일까? 그보다 더 앞서는 논점이 있다. 그는 마음이 따뜻한 사람이다. 그러지 않고서는 가능한 일이 아닌 연유에서다. 또 있다. 아마도 그는 자신의 시를 통해서 스스로 선 자리와 갈 길을 체득했을 것이다. 시가 자아 정체성의 회복과 발현에 소정의 역할을 한 기념비적 모범이다. 그러기에 우리는, 앞으로도 지속적으로 그의 좋은 시를 만나는 행복을 함께 누리고 싶다.